歌集

柚子坊

八汐阿津子

青磁社

柚子坊＊目次

八汐阿津子歌集

柚子坊

游神

「游神《いうしん》」の草書は躍るはつなつの艸文堂《さうぶんだう》のショーウィンドーに

大切なものは一握　黒南風《くろはえ》がぽとぽと落とすまだ青い梅

夕やけにかげろふスカンポこの土手を村の死人《しびと》は担がれ行きぬ

スカンポの酸つぱさを知る友どちもみなちりぢりにゆく道を行き

わらふ風わらふ田の神あふられてまひあがるなり草冠族《くさかんむりぞく》

丘こえて茅花は飛べりビルのなきこの町にゐるたくさんの友

蕺草《どくだみ》のにほひの中にめざめたり夢の中にて青草踏みき

森林力《しんりんりょく》、森林力と樟の木がフィトンチッドをふりこぼす朝

白昼のハグ羞《やさ》しめり新緑の樟をあこがれの対象として

青葉木菟《あをばづく》　楝《あふち》　あぢさゐ　雨蛙　あな、と呼びあひふれあふ季節

金色の眼のふくろふを片恋のやうに待つなり裏窓あけて

ものの影吸ひてふくらむ木下闇　神はしづかに歩みゆくなり

暴力的ヘクトパスカル９５０人間《ひと》は雨戸を閉《た》てて潜みぬ

青い柿、青い銀杏《ぎんなん》ちり敷きて野分のあとの地上浄らか

高すぎる秋の青空からりちん物忘れするわれからりちん

研ぎたての鎌もて草をなぎ倒し草のにほひにひたる秋の日

「森の人」のブログひらけば摩周湖の原生林より霧がながれ来《く》

寒がらすああさびしいよ鍬とりて耕す野良がわれにはなくて

ひそやかな雑木林を過《よぎ》りつつわたしは冬の木のこゑに触《ふ》る

シャットダウンして眠らむか北ぐにの小さなももんがおやすみなさい

さやうなら

先師、鶴田正義先生・鶴田義直先生　そして雲雀の草次郎へ

さやうなら先生さやうなら草次郎《さうじらう》　茅《ちがや》の原に立つて手をふる

栴檀にむらさきの花咲きそめてたしかなり夏、先生の死

ああなんと晴れやかな先生の笑ひごゑまた耳底ゆとり出《い》だし聞く

胸深くみしみし鳴るなりさみしさは先生不在の編集室にて

またひとつ住所録より名を消して寂しき洞《ほら》をふやしゆくなり

葉鶏頭

思ひ出は遥かなものほどくつきりと「みんな静かに　葦切《よしき》りが啼くから」

夏雲をぐいぐい隠し噴煙を上ぐる桜島《しま》見ゆ七月の窓

山椒をぱんと叩けば一瞬にしてはじけ飛ぶ木の芽の精は

茗荷の子、青紫蘇、生姜刻みつつさらさら夏は母に似てゆく

鎌柄《かまつか》の色めく真ひる金蛇《かなへび》が精霊飛蝗《ばった》をくわつと銜へき

金蛇は飛蝗一匹呑み終へぬ武士の作法のごとくしづかに

いきのよき大夕立も来ずなりて庭におぼおぼ咲くよひまはり

ころあひが一日一日ずれながら芙蓉がきゆると凋むゆふぐれ

ちんからり晴れて阿呆のやうな空とんびがひゆうとあらはれて截る

林道に入ればわつと蟬しぐれ緑を帯びて頭上よりふる

身ぶるひをしつつ鳴く蟬見てをれば一匹一匹に渾身といふ文字

日の入りがずんずん早まるこのごろのさみしさにまだぬくもりのあり

花のボリューム香りのボリューム公園に大人《うし》と呼びたき木犀ありぬ

木犀のかをりの中に目をつむり合掌すればこころ浮遊す

トラウマ

三毛猫の沈思黙考　日当たりのよき出窓なり梅ちる日なり

節分の庭石の上金蛇がねむりこけをりまぶたを閉ぢて

心的障害《トラウマ》がないとは言へず検診へ行く日のわれのこころがかんぼ

病院はいつも煙たき所なりことに煙たき乳腺科なり

だるまさんが転んだ　あれから五年目の胸にむらさきのケロイド走る

「五〇番でお待ちのかたあー」と呼び込まる採血室へＲＩ室へ

内臓を輪切りにささる快感かＣＴドームにうつらうつらす

肝臓に生れしわたしの血管腫珊瑚のやうにうつくしからむ

こんなところで死んではいけない　道端にころがる蟬を起して飛ばす

すつぴんのやうな花なりたちあふひ物干し竿の高さにそろふ

ふくろふの啼く雨の夜はなまぐさきにほひして裏の山がちかづく

くぐもりてごろすけほうほうさみしいか逢ひたいけれどわたしは眠る

雪の下

白蓮《はくれん》の花たかだかと暮れのこり天空に挿す供花《くうげ》のごとし

これつぽちの蛇心《じゃしん》もあらずいちめんに咲く菜の花を見てゐる真昼

菜の花のにほひはきらひと言ひながら黄に染まりたくなりてとび込む

岩陰にひつそりと咲くよろこびを隠しおほせず雪の下ちらちら

木登りの好きな蜥蜴の子らのため植ゑておくひまはりの苗を三本

枇杷の実のたわわにともる路地を来て身のうちがはがぽうと明るむ

茄子の葉にのぼりて見よ見よ青空にアガパンサスが咲いたよとかげ

足長蜂の美脚はめぐる朝に日《け》にアガパンサスの花にふれつつ

つゆ草は朝けに青く発光しわれはみひらく初夏のまなこを

死にたいよう　電話は奈良の盆地よりちひさな老人わたしの友は

わたしだつてわたしだつてと言ひさして　青まさやかなつゆ草を見つ

軽羹《かるかん》を送るよ味噌煮の豚骨《とんこつ》も火山灰《よな》降るあなたのふるさとの味

ひね生姜入れて黒豚の豚骨を朝より煮込む猛暑を煮込む

豚骨を食べただらうか　夏暮れて友の消息はわからずなりぬ

この世には居ぬかもしれぬ友だちへ何度も何度ものこす留守電

月桃《げっとう》の花ふさ高し月桃の花ふさ長し　ひと日は一縷《いちる》

こんなことがさみしい日なりてのひらの団子虫ころり死んだふりせり

花あふちこぼれこぼれて境内に散りしく藤いろあな、あなかしこ

一日が大事大事とわめきゐし熊蟬衆が黙すどしやぶり

おはやうとささやきたれど金蛇に無視されてストーカー気分あぢはふ

金蛇をおどろかさぬやう起こさぬやう露草の種抜き手して採る

くりくりと目玉が動く金蛇のチャーミングな子をてのひらに乗す

つゆ草のタネあり⧄と裏木戸に札下げおかむ秋の終りに

秋のほとり

ひまはりのかたへに赤き曼珠沙華季節は巾ある一本の道

水引の紅《こう》ぽちぽちと溝蕎麦《みぞそば》の棘ひりひりと秋のほとりに

微笑んでゐる間にだれもゐなくなり芙蓉も闇にとけてしまひぬ

ああこんなにちひさな花がびつしりとこの木てつぺんまで金木犀

「いいにほひ」「いいにほひでせう」玄関に木犀挿せば会話そこから

ゑのころも抜かずにゐるのにこほろぎも鳴きはじめたのに猫が戻らぬ

木犀のちり敷く車庫から裏庭へちちんちちんと鶺鴒《せきれい》歩《あり》く

猫の名を呼びつつ耳はうすぐらき野原の虫の声を聞きわく

家出猫想うて苦し雨の夜は　たとへばノラと百閒先生

トロットで秋は行くから逃さぬやう栗飯炊かむ秋刀魚を焼かむ

ひよどりの声を遠くに聞きながら炬燵を出さうかまだ出すまいか

かまきりは身の丈三寸身を反らし草むらに吹く風を威嚇す

ブーツなど履かせてみたしかまきりの燕尾服うしろ翅のブラウン

包むやうに秋の陽のさすベランダに裏返り裏返り家猫ねむる

秒読みに深くなる秋　まだかまだか冬はまだかと百舌鳥のせつかち

裸木《はだかぎ》に無数の若枝《わかえ》天を指す金子兜太のやうな老梅

足萎えの犬を抱きて見上ぐれば青き空よりしら梅こぼる

こんな日がいいよランディ逝くのなら泣かずに送れさうな冬晴れ

じんじん

「抒情歌をうたふ」講座と重なりし午後の歯医者をキャンセルにしつ

窓ぎはにイペーの花のもりあがる公民館二階多目的ホール

風の中のふうせんかづら　音程の外るる人のとなりで歌ふ

フラットの多きメゾなりソプラノの蔭にてわれの声はゆらげり

木犀の花ていねいに掃きよせてうれしさうなる人に寄り行く

よく切れる鎌が一丁欲しと思ふ一日ありき過ぎてわすれき

烏瓜青いままなりへりくだることに慣るれば身の丈ちぢむ

すひかづらだれにも子どもの時代ありわれにわわしき十代ありき

何にかぶれてゐた頃だらう図書館の前で撮られし不機嫌な顔

翅のない鳴かないはだかの竈馬《かまどうま》とび跳ねて見す夜のキッチンに

この家にうひうひしさがあるごとし夜の出窓のロザリオビアンコ

おとろへがゆとりに見ゆる足どりに芒の中行く夫と老犬

ひよどりの声甲高し　うら山にじわじわじんじん郁子《んーべ》色づく

緑鳩《あをばと》のこゑいにしへの一節切《ひとよぎり》　風よぶやうな人よぶやうな

秋茱萸《ぐみ》は熟れただらうか緑鳩よあの世の父母《ふぼ》は達者だらうか

スタッカート巧みなりけふの夕鴉あ、あ、あ、あ、陽がころげ落つ

秋空がかたじけなくて鎌を研ぎほととぎすの咲く庭ではたらく

紅葉《もみぢ》してかはいいうら山ひよどりが啼くから零余子《むかご》が豊作だから

秋の土いぢれば湧きくる多幸感チューリップを五個アネモネを五個

青人草

赤い目がぽろりと落ちて日が暮れて雪の兎は消えてしまひぬ

「ひなたぼこ惚け」になりたり飼ひ猫が死んでひざしの濃くなりし部屋

早春の季語のやうなる青人草《あをひとくさ》　初午祭《はつうまさい》だぽんぱちぽんぱち

ぽんぱち＝でんでん太鼓

マドレーヌ、山査子《さんざし》の花　長すぎるプルーストには近づきたくなし

よどみなく友の唱ふる阿弥陀経、寺に西洋をがたまの花

うらおもてなき連翹のあかるさや楽天息子は妻帯をせず

三葉虫の眼《まなこ》の大きさ　この世にはあとからあとからマニア現る

ナイーヴな木蓮花《もくれんげ》なりむらさきの花終へてのちわれを誘はず

十号線、鶴丸《つるまる》城址外堀に朝なさな蓮のひらく水無月

蓮《はちす》咲く池をめぐりぬチグリスの大河のほとりに咲く花知らず

蓮《はちす》には触れ得ずかぞへて帰るのみけさ咲きし花あす咲くつぼみ

一蓮托生　蓮の広葉に火山灰はふり蛙の背《せな》に火山灰はふりつむ

蒸すといふ不快な湿度を知らざらむ渇ける国のシーア派スンニ派

だれもだれも心に止めず四日目に蓮《はちす》の花のくづれ散ること

水無月の森をさまよふ有相無相虚仮《こけ》のわたしは蚯蚓《めめず》にならむ

ほととぎすそのあどけなき吃音を夜半に聞きをりパソコン止めて

卯月鳥《うづきどり》、たま迎へ鳥、あやめ鳥、杜鵑《とけん》、子規みなテッペンカケタカ

合歓が咲き合歓がちるまで公園にまばたきしつつ会ひに行くなり

あの世へとさらはれさうな五月闇「歳のせゐよ」といふ声もまた

人嫌ひにかたむく秋の頭《づ》の上を噂が飛んだり火山灰が飛んだり

日のあたるちひさな林に気を許しめぐれど喰へぬ茸《くさびら》ばかり

うろこ雲広がる下の体育祭オクラホマミキサーの苦い法則

ぱつくりと裂くる瞬時の解放感思ひみるなり毬栗《いがぐり》、木通《あけび》

秋風につつぱつて鳴く一匹のつくつく法師息子に似てる

迷彩柄

つつがなく十薬咲けりわが犬のゆふべ死にたる部屋の窓の外《と》

窓口に蛍ぶくろのゆれてをり農学部動物火葬受付

少し泣き、冷房の効く安置所に犬のなきがら預けて帰る

亡き犬の臭ひの残るバスタオル、マット、クッション嗅ぎながら捨つ

青桐の直ぐなる幹よ立ちなほるきつかけならばどこにでもある

雑草の話題にのるひとだれもゐずわれはしばらく輪の中で浮く

うらやむ癖今朝も夫に叱られてわれはしづしづ豆ごはん炊く

憧るるだけならすてき、はつなつの青年が着るゲバラTシャツ

迷彩柄似合ふと思はねど足長き少年少女森にとけこむ

「癒されるぅ」とふ若者よ草木《さうもく》にむく時われはきゆんとときめく

三月十一日

街を呑みかけあがる波　映像はシミュレーションにあらず　あらず

夫、息子、われ、それぞれにパソコンを叩きて避難所の名簿辿れり

何百人の名前をマウスでなぞつたらう友の名前を声に出しつつ

パーキンソン、ストーマの人もゐるはずとひしめく避難所映れば思ふ

ストーマ＝人工肛門

寝《い》ぎ《ね》はを襲ひくるこのうしろめたさ被災地に今夜も雪ふるといふ

声あげて泣いてしまへり「無事です」とふこゑを聞き得し三週間後の朝

気がせきて優先順もわかり得ず野菜いくばくか送らむと詰む

東京は福島よりも朝晩の冷ゆることなど聞けば切なし

わが友を友につながる福島をその先の東北を想ひて眩む

均衡

古家《ふるいへ》の祖母の箪笥にねむりゐし紅い繻子帯、黒揚羽蝶

柚子の葉を喰ふ柚子坊《ゆずばう》を見守りし一週間の脳のぶにゆぶにゆ

阿呆だから人間は見目《みめ》ばかり言ふ柚子坊だれの子黒揚羽の子

柚子坊は失踪をせり柚子の木の下に緑の糞をのこして

芋虫のおもかげ残さぬ変身を蝶よ蝶よとわれら仰げり

引き戻す磁場あるごとし舞ひあがり舞ひおりて庭を出でゆかぬ蝶

ゆふさりの閉ぢし芙蓉にむらがりてまだ終はらない蟻の一日

福島に戻れぬ友より送り来し長野県産紅玉りんご

極上の紅玉ジャムとおだてられ酸味あるジャムをちこち配る

ピカソブルー、エビハラブルー、モネブルーはるなつあきふゆ青は目に沁む

セザンヌに描かれしゆゑ記憶さる肌あらはなるサント・ヴィクトワール山

向日葵が好きで狂ひて死にし画家　高浜虚子

「向日葵が好きで狂ひて死にし画家」ゴッホにやさしき弟ありき

その刹那は泣かなかつたらう「片耳を切つた自画像」の泣きさうな顔

束ねないで

突然の訃報が胸にめり込みし三月ちりちりまんさく咲けり

韓国岳《からくに》に登りし記録三〇〇回亡き人のこゑ尾根走るなり

天高くあがる作法を知らざれば地上に降りて雀はあそぶ

調息をしつつ聴きをり一山《いちざん》をめぐりて余るみそさざいの声

夕やけは血の色をせり家族ではなけれどきのふの死者にあひたし

ひらひらと逸《そ》れては戻りまたも逸る紋白蝶のやうなともだち

束ねないで束ねないで、ふさふさと自在にゆれたきミモザの花を

匂ひたつ薔薇もよけれどはつなつは立浪草の青き立浪

福島に戻れぬ人に四度めの大型連休《ゴールデンウィーク》　日本中晴れ

棄てられし生きもののこと森のこと結局人のこころに行きつく

QOL

すきとほる日向夏柑ママレードわれにきやうだいのをらぬ涼しさ

黄金《わうごん》の五月飛ばねば弾けねばああ充実のからすのゐんどう

金の笛吹く蛙をばさがしませう百の棚田に百の月浮く

集団の声すさまじく切切《せつせつ》たり雨夜《あまよ》の蛙の16ビート

一斉に鳴けばさみしさの紛るるか蛙百匹ぶんのさみしさ

けふ生れてたぶんわれより早く死ぬ蟷螂《かまきり》の子に初《うひ》の雨ふる

虫を喰ふ虫として生《あ》れしさみしさに蟷螂の子が斧をふりあぐ

鵯《ひよどり》が騒ぎて朝の梅がちる雀が跳ねて昼の梅ちる

ＱＯＬ高いか低いか街路樹の下をひねもす漁《あさ》る鶺鴒

たそがれの心細さは薄墨の空のゆふづつ犬の遠吠え

ビブラートひとしほ長き朝の鳶《とび》地べたの暮しを知らぬ声透く

透明な傘の中より仰ぐとき樹は恍惚としづくしてをり

猫背では遠くが見えぬと胸を張る体操教室の田中先生

生垣に苦瓜ぶらぶらゆれてゐる七月ずしんと父の命日

つゆ草に亡き母ふくろふに亡き父をかさねて夏の深井戸のぞく

歯切れよき友のやうなり絵手紙に向日葵一本仁王立ちせり

緩和ケアなどとゆるやかに呼ばれつつほろほろほどけて眠りゐる人

いわし雲朱《しゅ》にそまりつつ暮れゆけり明日《あした》の空を見ぬ人のため

死んだのよ死んだのよと泣きながら咲きのぼりゆく凌霄花《のうぜんかづら》

亡き人の知らぬ秋なり裏庭にみよみよみよと赤まんま揺る

亡き人に心は少しあけておくちち、はは、あに、あね、こひびともひとり

回想をくり返へしてもおなじこと亡き人はみなわれを無視せり

あはよくばなどと思ふな行儀よく一本に一輪チューリップ咲く

「ロミオー、ロミオー」みだりがはしき春の猫　他人のはげしき恋はうとまし

向日葵のてつぺん遠し目立たぬやうホッソイホッソイ亀虫のぼる

鈍色《にびいろ》のアメンボきれいな工芸品、針金細工の脚もてすべる

アメンボの鋼《はがね》の脚が滑走すふいにみごとなジャンプなどして

雑草《くさ》の気合ひ持つべし夏のわが家族鼻びしびしに臥す者たちよ

決定は変はらぬだらう　街角にあきらめ半分の署名して来つ

不快指数上がらす上がらすあぶら照り防護服にてはたらく人あり

みつしりと布袋葵のひしめける池に余白のおもしろさなし

めぐみさんを抱きしむる日あれ待つて待つて老いてしまひし横田さん夫妻に

夕ぐれの首を廻せばこきこきとひと日の愚痴のやうに鳴るなり

自然薯をとろとろ擂《す》りつつ秋の夜を現実的なり手指《てゆび》が痒し

一年はドミノ倒しのやうに過ぎ豊麗線《ほうれいせん》がまた深くなる

野葡萄

野葡萄は食へぬものなりつややかに飾りてひとを想ふ夜もなし

あのころと言ひつつ眇めてふりかへる複製画の白き街も褪せたり

漆黒にかがやく眼仁奈《めじな》と格闘す刺身がいいねと言ふ声を背に

振り下《おろ》す出刃の切れ味快感とおもふ夜更けのわれをあやしむ

きさらぎや利休忌・其角忌・西行忌・兄の命日眼仁奈の刺身

出刃、柳刃《やなぎば》ねむる夜中のキッチンに魚の臭ひが淀みゐるなり

われがわれがと急《せ》けば苦しも深呼吸して梅を見む青空を見む

夜に入りて一入冷ゆるふくらはぎ曝して通夜の席に連なる

青桐のやうな青年なりしひと小さくたたみて覚えておかむ

山のほこら海辺のほこら狐狗狸《こっくり》さん遊び足らざるままのふるさと

苔のいろ木の息づかひ　われを知る鎮守の森にいつか帰へらな

まつ直ぐに生きてゐるから目つぶりて故郷の森は迷はず歩く

冬ばれの疎林を行けば声細くかあんかあんと木霊よびあふ

老衰といふやすらぎもゆるされず梅の古木は寒肥《かんごえ》をさる

わが街のだれも行かないビオトープ黄《き》鶺鴒《せきれい》のゐることないしよ

ダリの時計

美術館はみづ色の屋根動かざるダリの時計に誘《そび》かれて入る

若いとふ世辞うれしがる齢《よはひ》なりなまめくフジタの猫の絵の前

黒田清輝、藤島武二のかかる部屋今日はウォーホルのモンローもゐる

ルオーには一人で会ひたし「聖顔」のあかるき瞳にわれら見抜かる

曇り日の影あはあはしサッフォーの像のきよらな首の曲線

北斎が今を描きなばたのしからむ富士の裾野とN７００系

N７００系＝最新型新幹線

笑ふ、跳ぶ、画狂老人にふれしのち「凱風快晴」絵はがきを買ふ

ヨガの時間

猫になる武将《さむらひ》になる亀になるなりきりながらわが四肢硬し

太陽神礼拝

身体《からだ》よりこころがたぶん先に老ゆのけぞりて太陽光《たいくわう》を浴ぶれど

率直にならねば身体はぎくぎくと音立つるなり朝《あした》、また夜《よる》

屍のポーズ

こんなにも死は身近なり弛緩せし生身《なまみ》はたやすく精神《こころ》をはづす

夏草に身を投げ出せば八月の青天井は深井《ふかゐ》のごとし

ライオンのポーズ

サバンナの闇を感ぜよ見ひらきてさみしきものは雄たけび上げよ

雲雀のポーズ

消去せぬ雲雀のこゑは胸にあり「草次郎よ」と呼べばさへづる

身を反らしいとしきものを飛び立たす胸のひばりを夏のひばりを

蜥蜴のポーズ　蛙のポーズ

きみは蛙おまへは蜥蜴に生まれきて夏のひぐれにわれと出会へり

濃紺のマットはプール若き日の肢体に化けし古蛙泳ぐ

瞑想

重心を座骨に置きて胡座《あぐみ》せよ冬の背骨はまるまりたがる

あるがままのわたくしでゐよ目をとぢて自分をさらす　アサーナ　ナマステ

プラーナヤーマ（呼吸法）
吸うて吐くこの単純をくりかへし脳《なづき》の中に風を通せり

朝風に潮のにほひの混じる時吸つても吸つても胸はひろがる

フレアスカート

秋はまた友を逝かしめわたくしは家族葬とふ輪の外にをり

たましひも保冷されしか三日まりたちてやうやく荼毘に付されき

香焚けばあの世のひとに覗かれさうむせぶばかりに白檀香を

六歳を相手にけんけん跳びをせりあらま、あらま、と鳩が見下ろす

もう何を着てもいいのに見つからぬ若草色のフレアスカート

こふのとり

産婦人科医院にはためく鯉のぼり出生率がのびますやうに

みづみづと匂ひやかなり妊婦らはその体型をゆらしつつ来て

母子健康手帳にはばたく鸛《こふのとり》　母親教室に十羽ならべる

きりもなき愁訴聞きをり色淡きいはさきちひろの絵の掛かる部屋

ハイになりブルーにもなる十月十日《とつきとをか》　母性はゆつくり熟れてゆくもの

３Ｄ《スリーディー》の胎児はうかぶ羊水のプールに小さきあくびなどして

産み月の腹部《おなか》と腰部《ヒップ》せりだせば豊穣といふほかなきフォルム

予報図に雪のマークのある日にも赤子は生《うま》る生れたき日に

羊水の臭ひしてゐるふにやふにやのこの頼りなき生命《いのち》を包《くる》む

おつぱいはみどりごの蜜、みどりごは母親の蜜、とろけつつをり

けふわれはまかせなさいと言ひきりて乳腺炎のしこりをほぐす

寒き日もわが手はぬくくやはらかし「腕に覚えあり」とは言はねども

酒精綿《しゅせいめん》きゆつとしぼりてぺたぺたと母乳のとびし眼鏡を拭ふ

やりがひは時に重たし泡立てておつぱい臭き手を洗ひつつ

枕辺の『幸せになる名前辞典』まだ選ばれぬ名前ひしめく

「なづな」とふ名をつけられしみどりごの父はぺんぺん草など知らず

スローガンめきて　母乳をおっぱいをー　けなげなり産科の看護師たちは

老眼鏡ずりあげずりあげしつつ切るぴらぴらうすき新生児の爪

マタニティーブルーの薬はあなたです　鬱《うつ》に苦しむ人の夫よ

夕ぐれのホームまでもう駆け上がれずエスカレーターに凭れてのぼる

母乳外来終へてにほひの残る手を家に戻れば犬の子が舐む

ハルノノゲシ

玄関に小賀玉《をがたま》の花かざり置く疲れてもどる自らのため

ハルノノゲシ摘みたるこころなまなまし青き茎より乳がしたたる

ＢＧＭはビバルディ「秋」　離れ家《や》のごとくひそやかな不妊外来

母親になりたき一心かこふごと診察室の窓閉ざされて

木犀の葉かげに胸毛がゆれてをり抱卵中の鳩の鳩胸《はとむね》

啼きごゑはうるほひに満ち父鳩に鳩乳《ピジョンミルク》のそなはる頃か

理《ことわり》を言はず抱きしめてやりたかり十六《じふろく》歳で産まねばならぬ少女を

静脈の浮くまで張りし乳房も十六歳《じふろくさい》には責め具《ぐ》のごとし

笑顔なく抱けばロボットのやうに見え母の匂ひの消えてゆく人

泣いたなら何度でも抱いて何度でもふくませてあげて　おねがひだから

「わたくし」とふＩＤカードの赤き紐よぢれてしばしばひつくりかへる

さはりなき母子は記憶に残らざり特別室の蘭の花かご

泣きごゑが聞こえてならぬ　空《から》つぽの「赤ちゃんポスト」をグーグルで見つ

「虐待」のひびき汚《きたな》しなかんづく「育児放棄《ネグレクト》」といふ言葉ざらつく

「手にかける」「手塩にかける」塩といふ一字のあるなしこんなに違ふ

今日ひとつ心音の消えし母胎ありこの曇天になれてはならず

ひつそりと水子《みづこ》供養《くやう》は行はる休診日の外来待合室で

「この先」はどこに消えたかしよぼしよぼと夜更けのパソコン叩きて探す

やめようか引き返さうかあまやかに「じよさんしさーん」と呼ぶこゑがする

しまひ湯に金色の柚子泳がせてぱんぱんの脚もみほぐすなり

ざらざら

ざらざらの小松菜洗ふじやばじやばと一昨日《をととひ》の火山灰《よな》今朝ふりし火山灰

葭草を刈りに行くならモンペでせう形見にもらひし久留米絣の

莪草のにほひかわれがにほふのかわからずなるまで花を摘みをり

刈り取りし草のにほひを嗅ぎわけて田舎そだちといふ自負ありぬ

ほのじろき花をつつみて暮れてゆく茗荷畑は亀虫のにほひ

秋雨にカミソリ花は反り返る一昨年《をととし》猫を埋《う》めしあたりに

山茶花に雪は積らず止まるのみつかの間ふれあふくれなゐと白

鴉一羽飛び立ちし後電柱が景色の中にまぎれゆくなり

この村のどこにも縁《ゆかり》の道なくてずんずん行けば墓に行きつく

彼岸花咲かぬ彼岸にわが猫はいまはを苦しむ　彼岸花咲け

飛蝗一匹入れてやりたし三毛猫の段ボールのちひさな棺《ひつぎ》の中に

家猫を葬りし秋の青ぞらに猫形の雲　浮くはずもなし

CTドーム

頭髪といふものの無き日々ありき最もつらき副作用として

十年間《じふねん》の被曝線量思ひをりCTドームのノイズの中で

再発がこはいこはいと通ひつめなじみになりしは樟並木のみ

十年も生きのびたるは果報よと鵯《ひよ》に叫ばる雪の受診日

大麦の芒《のぎ》かがやけりわたくしに老後とふ未来まだ残りをり

バラ園にバラを見に行くかぐはしき麦秋《むぎあき》知らぬ若き家族と

ニトロ

乗りやすくあらがひがたく止《とど》まらぬ川あり東京駅構内に

人工の空気吸ひゐるここちして息苦し地下鉄地下飲食街

せつかくの東京だからと「空海展」巡りしついでにアメ横へも行く

田舎者で何が悪かろ　東京を開き直りてぶんぶん歩く

東京をめぐればば身体《からだ》はぶれてゆき夜はニトロを一錠ふふむ

東京の何に疲れて戻りしか機上より見る茜韓国岳《あかねからくに》

草いきれ土いきれの中わたくしに相応《ふさ》ふ風ふく好きな花さく

八月の「市民農園ひまはり狩り」　せえの、せえのと夏を乗りきる

大、中、小南瓜《かぼちゃ》ころがる草の土手ぼうぶらぼうぶら住めば都よ

夏が好きと言へたのは何歳《いくつ》までだつたらうくぃくぃ鳴らす赤い酸漿《ほほづき》

おはら祭

噴煙がけふも上がりて風に乗り実に《まこて》厄介な《やっけな》火山灰が《へが》ふりそむ《ふぃでけた》

一日中噴けばひねもす火山灰は降る今日は風下《かざしも》になるわが街に

わが街のおはら祭は文化の日　火山灰《へ》だらう《でん》が雨《あめ》だらう《でん》が　ヨイヨイヨイヤサー

連《れん》よりも特設舞台が人気なり火山灰をあびつつ手をふるミッキー

「メニハイガハイッタケド　タノシカッタ」しばたきつつ留学生言へり

本格焼酎さつま白波二十五度薩摩《さつま》隼人《はやと》は六四《ろくよん》で飲む

高熱にうるむ視界におぼれゐる窓辺のミモザ出窓の子猫

熱のある体の箍《たが》はゆるみつつポカリスエットばかり欲しがる

宇宙旅行予約せむとふ大法螺を聞かさる二〇一二年春

念仏の効くおそろしさ　なむなむなむピラカンサスが実りすぎたよ

ぐぐ、ぐ、ぐ沈丁のかげ二度三度あくびのやうな蟇《ひき》の声せり

落ち椿あざやかなればトレッキングシューズで踏まぬやう踏まぬやう

穂高にはもう登れぬと嘆く夫　開聞岳《かいもん》があるよ韓国岳《からくに》があるよ

ブリキの如雨露

ほどほどがわからぬものはつんのめる土に額づく大きあぢさゐ

一斉にわつ、と鳴きそめ熊蟬は体育会系、朝練《あされん》もある

鳴きたまへ　ひと夏かぎりの空だから蟬よ炎天は君らにまかす

蟬声の青き飛沫《しぶき》をあびてをり日蓮宗正《しやう》建《けん》寺《じ》棟の下に

境内にひびく読経と蟬の声ぽくぽく南《な》無《む》妙《めう》、わしわし南《な》無《む》妙《めう》

ぼんやりのこどもなりしよ宿題のあさがほ日記のあやふやな蔓

ままごとのつづきのやうな恋をせし陽ざしの中の白立葵《しろたちあふひ》

『庭仕事のたのしみ』ヘルマン・ヘッセ

作業着の似合ふヘッセのポートレート弓手《ゆんで》にブリキの如雨露提げをり

晩年のヘルマン・ヘッセに愛されし百日草《ジニア》の枯れ際《ぎは》うつくしき秋

猫にでもやるのと言はれ弔《とむら》ふとこたへてひろふ蟬のむくろを

蟬の声こほろぎの声リンクせり秋刀魚焼く午後六時半ごろ

電柱にひとりぼそぼそ啼く鳩にわたしはいつも負けた気がする

くさらずに生くるは難し鳩のやうに裸足でくうくう啼きたき日あり

白梅の花びらいくつも貼り付けて雨の日の窓われを囲へり

冬ばれの玻璃《はり》りんりんとかがやきて嵌め殺し窓の白梅きれい

夕闇がうす紅色に染まりをりさくらふぶきの中を通れば

せきれい

一昨日《をととひ》の遠賀《をんが》はみぞれ寒がりの友が突然逝くと決めし日

咲きそめし臘梅活けて亡き友を生前よりも濃く想ふ夜

薄ら雪ふみゆく足のいたいたし鶺鴒よおまへの友は元気か

曇天をミモザの上に乗せやらむ陽気な花が咲きすぎぬやう

見てはならぬもののごとくに見てをりぬ尾を垂れ退《しさ》る負け猫のさま

初孫が生まれましたか五丁目のパン屋の屋根に鯉のぼり泳ぐ

片麻痺の人の絵手紙うれしかりわたしの送りし枇杷の実が二個

夜ふかしをするのは青葉木菟のせゐ読みさしの本とぢて目つむる

あのころの家族にひと目会へるならほうほう啼きて木菟《づく》にもならむ

音たてて火山灰ふる夜のキッチンに完熟梅が蒸れてにほへり

「太鼓叩いて笛吹いて」　井上ひさし

身の丈をこす枯れ枝をくはへ飛ぶ鴉を見たり運転しつつ

戦場へ太鼓叩いて笛吹いて送りし昭和の劇を見に行く

笛ふきて煽りしひとは苦しめり「慰問ペン部隊」の林芙美子も

凄みある芙美子なりしが幕おりて細身の大竹しのぶかはゆし

カーテンコール二回三回これの世に井上ひさしをらぬ口惜しさ

ワイパーを高速にしてどしやぶりの夜更けの三号線を帰りぬ

2014年夏女子高生が友人を殺傷した

現実のことなり異様の瞑さなり少女が少女を殺しき　斬りき

オオデマリ、　コデマリ、　コデマリ、　オオデマリひとりになるのが怖い少女ら

雪やなぎかろやかにゆれ初《うぶ》といふことばをしらぬ少女らは初《うぶ》　か

アマリリス赤く大きく咲きすぎて手に負へぬ娘《こ》にむきあふごとし

雨にならむ言つてよからむ「気狂《きつ》い雨《げあめ》」ぐゎらくゎら狂ふ七月の雨

不明者が死者になりまた死者になりニュースの中に降りしきる雨

蟬の声よろこぶ樹ありわたくしの内耳はふかく共鳴をせり

おーしおーし　ひと世はたまゆら秋の日を語尾のびやかにつくつくぼふし

目を凝らし甕《かめ》をのぞけばぴんぴんと秋の孑孑《ぼうふら》浮き沈む見ゆ

あきあかね入り乱れつつ飛ぶゆふべ空が重たし地べたが昏し

絵はがき

シスレーとルオーの絵はがき買ひて来し娶らぬ息子三十五歳

木のやうに無口な兄と竹のやうに陽気な弟似てゐるそびら

海老原喜之助生誕百年記念展「ポアソニエール」は齢とらぬまま
ポアソニエール＝魚料理を専門にする人（女性）

あの時の蘊蓄《うんちく》好きの友は逝き一人みてゐる「ポアソニエール」

ミモザ咲けば思ひだすなりゴーギャンをはじめて観し日の黄色いコート

マナーモード解除してをりわが帰り待つ人のゐて少し窮屈

ケイタイは濃き萌黄色はるかなる圏外として黒電話あり

桐の花ひとり仰げばあはあはと独占欲のやうなもの湧く

手をあげて別るる三叉路右に折れ夕日背にして登ればわが家

青りんごプリーツレタス交はりの淡かりしゆゑ思ひ出すずし

一羽づつ名前をつけて呼びたかり軒端のすずめ次郎三郎

ナルコレプシー

空振に家ごとゆすられ目覚めたり慣れてふたたび眠る　おそろし

黄砂ふる火山灰ふる春の花の下疑ひぶかきこのごろのわれ

スギ花粉、火山灰、黄砂、PM2・5、ナルコレプシーなだれくる春

「死んでみたの」さう言ひながら戻りくる人ありさうな桜ちる朝

リビングの灯りおとせば眠さうなまなざしをせりわが雛たちは

人体は壊れものなり昆布巻きのやうにコルセットを巻きて横たふ

咳ひとつふたつに覚悟のゐる痛さ舐めくるる犬のランディもゐず

追はれゐる鴉も鵯《ひよ》も息災に　われは大盛りの粥をたひらぐ

ホバリング

青白くあぢさゐ咲けり六月の内閣支持率はつかに下がる

雨の日のいらいら誰のせゐにせむ国会中継プッツンと消す

鹿児島県川内《せんだい》原発一号機検査完了　猛暑はじまる

銀やんまホバリングせりるるるるとオスプレイなど知らぬ夕ぞら

避難ルート三号線をさかのぼるけふは川内《せんだい》の友に会ふため

何鳥か激しく啼けりあの街に本音いはせぬ橋架かりをり

コントロール不可なるものは聳え立つ大活火山・原発建屋

秋ふかし　零余子、栗の実、不器用な夫がこぼしつつ食ふ「千枚の葉《ミルフィーユ》」

じゑいけん

炎熱の中を集会に出かけ行く帽子嫌ひが帽子かぶりて

ハンターイ　法案反対　和しながらふいにわれとふ個を見失ふ

ラップ調命令形に乗りきれずシュプレヒコールの口角下がる

日ざかりのデモより戻りかき氷食べつつ高校野球観てをり

八月の六日九日十五日瞑れば声なき声がかぶさる

むのたけじを知つてゐますか反骨のジャーナリストを覚えてゐますか

生きのびし兵士らの声百歳のジャーナリストの声「戦争は悪」

あけくれの耳鳴りじゐいけんじゐいけん「タカ」のせりふにエコーがかかる

解熱せしごとき秋なり戦後検証すべしとこぞりて書きし人らも

草を焼くにほひしてをりああこれは杉の枯れ葉のまじれるにほひ

「限界集落」レッテルさむき集落の昔をひつくりかへせば花火

産土神《うぶすながみ》われを招くか夜の耳に地歌《ぢうた》のやうなしほさゐ聞こゆ

麦の秋消えて郭公《くわくこう》の声ばかりかうしてかうして受け入れてゆく

お手玉の小裂《こぎれ》いろいろとりどりにこさへる友あり仲よく老いむ

おーさーらい　おーさーらいとあそびます肝斑《しみ》の浮く手にお手玉乗せて

雪の日

大寒波くるとふ夜のキッチンのタイルのつめたさ瀬《せ》戸《と》物のかがやき

もうすぐか灰色の雲濃く低くうおんうおんと街の頭《づ》を圧す

鳥たちも残らず消えしゆふぐれの暗き空よりぼたん雪ふる

身体は古びゆくのみさやさやと匂ひつつ降るきさらぎの雪

アイリスのアロマを焚けり雪の日はだれも来ずだれも出かけて行かず

鵯《ひよ》の声ほそく鋭しもこもこのダウンコートを着て人は行く

雪ばれの朝の切《せつ》なる空腹感午後は内視鏡検査受くべく

玄関に水仙の花　雪の日に生まれし息子に新妻のあり

われのみのものなりし日ははるかにて息子は春の巣に帰り行く

雪ふみて公園の木に会ひにゆく二月のあけぼの杉は真はだか

空を飛ぶ魚

シャガールが来てゐる丘の美術館雨の日は雨のいろにけぶれり

シャガールに「七本指の自画像」がある

七本指のシャガールが飛べとそそのかすただ突つ立つて見てゐるわれを

シャガールの夢につきあひ空を飛ぶわたしは手のある魚に抱かれて

シャガール展めぐりし後の街の上赤い傘さして飛べば飛べさう

ドライアイ

ドライアイひりひりとせり若草のアンネの日記破られし春

一冊に一人のアンネ百冊に百人のアンネ息づくものを

ふるへつつ「アンネの薔薇」はひらきゐむ東京の「本のない図書館」に

蔑されしアンネのたましひ蔑したる鉤十字《ハーケンクロイツ》　泛ぶまぼろし

真夜中のワールドニュース　ぴらぴらとネオナチの旗およぐ街あり

雑草パワー侮るなかれぷちぱちと自爆してゐる路地のかたばみ

カラフルなハザードマップ配られし火山灰ふる弥生の草木瓜《くさぼけ》緋木瓜《ひぼけ》

ラ行音すずやかにしてキナ臭きロシア、クリミア、ウラジミール・プーチン

つれあひは鼾かきをりハーレーに乗るプーチンを揶揄してゐしが

雨の日も磯ひよどりのこゑ澄めりはかりごとなど思はず鳥は

「この素晴らしき世界《What a wonderful world》」サッチモのハスキーボイスのくらき漣《さざなみ》

何事もなき日まれなりわが傍に死にさうな犬落下せし雛

甘美なるドキュメンタリー　戦場のキャパとゲルダの恋美化されて

架になり飛ぶ日もあらむ眼をとぢて夜はしづかに眠るたんぽぽ

これ以上明るく咲けぬ明るさにイペー咲きたりイペーアマレロ

小判草ゆれて海へとつづく道この先にふく風を信じる

スカラベ

玉押黄金《スカラベ》ほど夫アンリに愛されしかマリーファーブル七人産みき

山桃の実の熟るるころ月《ツキ》、日《ヒ》、星《ホシ》　ホイホイホイと啼く鳥のあり

その理由あげつらひつつ身はちぢむ差別に満ちしわが蛇嫌ひ

『ルリボシカミキリの青』『フェルメール光の王国』福岡伸一

フェルメール　ルリボシカミキリ　あをむしくん　げぢげぢ眉の福岡ハカセ

飛蝗にも大志のあらむ夕空をめざして飛べりキチキチ飛蝗

いち、に、さん、首、肩、腰、膝たそがれを自覚する人筋トレをせよ

認知症恐怖症あり　秋空にみとれて小さき石につまづく

転ばぬやうまづ舌先が絡まぬやう訓練をせむ　らりるれろらろ

ファミレスのティラミス甘し飢餓といふおそろしきことをわれは知らざり

虫たちは長生きをせずファーブルのフンコロガシも糞にまみれて

蓑虫は風に吹かれてゐるばかり隠れとほして原節子逝きき

蓑虫に目鼻口あり亡き父の目鼻をわれは思ひ出せず

あとがき

　二〇〇六年、闘病中の励みになるものが欲しくて歌集『草次郎』を出版しました。十年目になる今年、とりあえず元気で二冊目の歌集を出せることを素直に喜んでいます。今の世の中を見まわしてみる時、こうして普通に暮らせることが実はとても恵まれたことなのだとつくづく思います。

　十年の間には社会的にも実生活でも忘れがたいつらい出来事がたくさんありました。大切な方や親しい人との別れが続いた十年でした。中でも「にしき江」の二人の先師、鶴田義直先生と主幹の鶴田正義先生が相次いで逝かれた時は歌に対する気持ちが萎えていくようでした。

　そんな時誘って頂いた「南の会・梁」への参加が気持ちを切りかえるきっかけになりました。このご縁を今も有難く思っています。

本歌集には「梁」の作品を中心に所属する「にしき江」「心の花」に掲載された作品から四六一首を自選して収めました。

歌集名の『柚子坊』は黒揚羽蝶の幼虫ですが前歌集『草次郎』の弟分のように思えて気に入っています。

「梁」でご指導いただいている伊藤一彦先生にはご多忙の中帯文を賜り、深く感謝申し上げます。「心の花」「にしき江」でお世話になっている皆様、いつも刺激と教示を下さる敬愛する先輩、親しくして頂いている友人の方々すべてに心からお礼申し上げます。また出版に際して大変お世話になりました青磁社の永田淳様にも厚くお礼申し上げます。いつも支えてくれる夫と息子たちにも感謝しています。

装幀を濱崎実幸様にしていただいたことも大変うれしくありがたくお礼申し上げます。

二〇一六年七月

八汐　阿津子

歌集　柚《ゆ》子《ず》坊《ぼう》

初版発行日　二〇一七年一月一五日
著　者　八汐阿津子
鹿児島市武岡五—四〇—一三（〒八九〇—〇〇三一）
定　価　二〇〇〇円
発行者　永田　淳
発行所　青磁社
京都市北区上賀茂豊田町四〇—一（〒六〇三—八〇四五）
電話　〇七五—七〇五—二八三八
振替　〇〇九四〇—二—一二四二二四
http://www3.osk.3web.ne.jp/~seijisya/
装　幀　濱崎実幸
印刷・製本　創栄図書印刷

ISBN978-4-86198-360-3 C0092 ¥2000E